すずきゆきお作「心あいの風」

詩集

原風景への道程

第一集

岡村光章
OKAMURA Mitsuaki

文芸社

詩集　原風景への道程　第一集

まえがき

令和二年十月、東京・八丁堀の美岳画廊で「すずきゆきお画伯」の個展が開催されていました。

私とすずき画伯とは、慶応義塾大学時代の先輩である森裕行氏が講師をつとめている「生き甲斐の心理学」の勉強会の仲間同士です。

ドアを開けると、真っ先に強烈な印象を与える「心あいの風」（口絵参照）が目に飛び込んできました。

すずき画伯から、展示してある全ての作品について解説していただきましたが、一通り説明が終わった後、ドアの正面に展示されている「心あいの風」の前に戻りました。

私はこの絵に一目惚れしてしまいました。すぐに購入したい旨、画伯に申し上げました。

数日後、我が家にこの絵が届けられ、わくわくしながら梱包をほどき、あらかじめ決めておいた書斎の壁に飾りました。

それ以来、書斎に籠もる際には、この絵をゆっくりじっくり心ゆくまで鑑賞していました。

毎日毎日鑑賞しているうちに、この絵を詩として表現してみようと思いました。

第一章の「心あいの風」に寄せて、は全てこの絵の鑑賞により生まれた詩です。

私は若い頃、一時期詩を書いていました。それらの詩を森先輩とともに属していたドイツ文化研究会の機関誌に掲載したりしていました。

詩集の出版はしませんでしたが、当時流行った「白い本」に手書きで詩を書いたりしていました。

若い頃の最後の詩には、詩を書き続けることより、まずは生きて働いて人を愛する人生を送る、それらが終了した後、また詩を書くかもしれないと予言めいたことが書いてありました。

「心あいの風」は私の詩想の泉に潤いをもたらし、私の詩作は予言どおり復活しました。詩作が復活してから約五か月、令和二年十一月から令和三年三月の間に約七十篇の詩が生まれました。

一つ一つの作品に作品番号と作成年月を付しました。

一つ一つの詩が誕生した順番を記録しておきたかったからです。

私は国立国会図書館を退職した後、立正大学で特任教授として教鞭を執り図書館情報学を教えていました。七十歳まで勤めることも可能でしたが、あえて六十四歳で退職し、その後は好きなことを好きなだけしたいと思っていました。

最初はゴルフなどに興じたりしていましたが、最近になって詩作こそ自分がほんとうにしたいことであることを発見しました。

ただし、私が詩作を再開できたのは、もちろんすずき画伯の絵の存在もありますが、植村高雄先生が主宰する「生き甲斐の心理学」の勉強会に参加し、また通信講座等で学び続けることで、真善美に生きてきたことを初めて意識化できたからだと思います。

生き甲斐の心理学に深く感謝しています。


私の詩作は今回出版の運びとなった「原風景への道程　第一集」にとどまるものではありません。

おそらく、第二集、第三集を天国に召されるまで詩想の泉から汲みだすことになると予感しています。

そのためには、生き甲斐の心理学を学び続け、また長年放置していた私の心と魂の問題、信仰について区切りをつけなければなりません。

私は近くカトリックの洗礼を受けることになると思います。


第二集以降は、生き甲斐の心理学の学びを深めることと、洗礼を受け教会に通う生活が日常化すること、そして絵画鑑賞、詩集の読書等の感動体験が私の内面世界に変化をもたらし、詩想の泉から詩が湧いてくるようになるのでは、と予感しています。

すずき画伯から、〝創造のオンとオフの切り換え〟について教わりました。

今は、オフ状態です。

今の日本社会の世相はどこか虚ろです。

騒がしくて表面的で、深くて静かな世界に沈潜することなどまるでないようにも思えます。

この詩集がそうした人々の心に少しでも潤いをもたらすことができれば、と心から願っています。

令和三年春

岡村光章

目次

第五章　女たちのこと

第八章　洗礼に向けて

第一章　「心あいの風」に寄せて

作品一
令和二年十一月

出会い

四枚の翅《はね》を付けた
愛らしげな蝶々が
森の奥深くの
広々とした花園に
軽やかに舞っている

遠くには緑なす山々

ふと見上げれば
何かしら神々しく輝くような

陽の神の如きもの
渦巻く光の中央に
永遠に停止している

あたかも聖霊のように
一羽、二羽、三羽
鳩たちは使命を帯びて
枠の外に、内に
位置している

我が魂は心地好《よ》く
吸い寄せられていく
この一枚の絵のなかに………

永遠なるもの

中央に在る
渦巻くような光の集まりに
造物主を感じる
鳩たちは使者
白い雲を浮かべた青い空も
緑なす山々も

作品三十七
令和三年一月

生命力豊かな森も
可憐な蝶々たちも
全て被造物

遠くに見える法隆寺は
被造物である
人間の作品

全ては神さまの象徴
永遠なるものの存在を
示唆してくれている

天国への予感

中央に描かれた
渦巻く光の中に
飛び込みたい

渦巻く光の向こうには
天国があるかもしれない
そんな予感すらする

作品三十九
令和三年一月

暖かくて、明るくて
柔らかい感触があって
夢見ごこちになりそう

空、雲、山、森そして蝶々等の被造物が
被造物であることを認識させる
この一枚の絵

一目惚れしてから
ずっと書斎で
一緒に暮らしている

作品四十二
令和三年一月

書斎が宗教室

この絵が掛けてある書斎の写真を見て
あるシスターは
「まるで宗教室みたい」と
ふと、つぶやいた

両脇は
本がぎっしり詰まった本棚
二段の低い書架の上には
毘沙門天像と小さな置き時計

そのうえの壁に
この絵は掛けられている

書斎が宗教室みたいなのか
この絵が宗教室の雰囲気を醸し出しているのか

私はこの部屋でいつも寛いでいる
確かに精神の高原地帯にはいるが
酸素不足で
苦しんだことはない

この絵の宗教性
いくつも思いあたる
永い付き合いには欠かせない
温もりをも感じさせる宗教性

ふと微笑みがこぼれる
画伯に感謝したい

二つの世界

日本の原風景を想わせる
縁取りの下部は柿色
上部は山吹色
柿色は重く沈んでいる

明るく暖かな色調の中央の絵
太陽のような光の渦は静止し
空、雲、山、森そして蝶々は
神の被造物であることを主張している

作品七十
令和三年二月

縁取りの中央上に
満月が物悲しげに
ひっそりと光を放っている

月と太陽
重層的なこの絵の世界の
それぞれの世界の象徴

ともに明るい
癒やしの使命を帯びた鳩が
優しく繋いでくれている

感謝と祈り

「心あいの風」に一目惚れし、書斎に飾り
毎日毎日観ていたら
詩想の泉が潤いを取り戻した

「心あいの風」を
詩として表現したことを皮切りに
多くの詩が湧き出し始めた

最初は不思議に感じていた
今は
自然な運命のように感じている

作品七十三
令和三年二月

すずきゆきお画伯の内面世界と
私の内面世界は
よく似ている

似た者同士の内面世界が
響き合い
作品を産み落としている

同時に
心の奥底が
洗われている

画伯に感謝するとともに
詩と芸術の神さまに
感謝の祈りを捧げたい

第二章　夢と幻覚

「合一」の夢

突然、インドの大地から
荘厳な寺院が
そそり立つ
足元は不安定となり
重力はない
自分は浮遊している

大地は寺院となり
寺院は自分となり
自分は大地となり
一切の区別は無と化す

作品三
令和二年十一月

神が創り給うた
ありとあらゆる全ては
一つとなる
壮大な恵みの瞬間
神に感謝あれ

作品十一
令和二年十二月

聖堂の森

うららかな明るい陽射しに溢れ
色とりどりの花は咲き乱れ
四枚の翅《はね》を付けた蝶々が軽やかに舞っている

大いなるものの存在は
自然と詩と芸術、そして夢が
人々にそっと示唆してくれる

日々の慌ただしい営みのなかで
大いなるものの存在は、いつしか忘却の彼方に押しやられ
それゆえ独楽のように回ることでしか、自分を支えられない人々

突然、空が裂け
無数の大木が
地表に降り注ぐ

地表に突き当たるたびに
厳かな鐘の音が大地に響き渡る
地の果てまで、響き渡る

鐘の音は人々の魂を癒やし、微かな震えが人々を襲う
祈りと恵みの瞬間
人々は覚醒する

今、森は
ひっそりと
静かにやすらっている

作品四
令和二年十一月

まどろみ　―ヨガの亡骸《なきがら》のポーズ―

両足から次第次第に頭部まで
順に力を抜いていく
左右の眼球を
重力に素直に従い
落としていく

最後に
眉間の力を抜き
眉間の奥の奥の
脳の力すら
抜いていく

考えない、考えない
何もイメージしない

ひたすら
目をつむったままで
暗闇の世界を凝視する

見えてくる、見えてくる
暗闇は縞模様、時として波模様
その向こうに
小さな光の世界が開けてくる

しかし、数秒で閉じられてしまう
また、出現し、また、消えていく
狭くても小さくても
厳かな空域

そして
まどろみから眠りに落ちていく

旅立ちの夢

遠くから懐かしい調べが聴こえてくる
それとともに
抽象絵画のような風景が動いている

モーツァルトのヴァイオリンソナタのような楽曲
クレーの絵画のような風景
でも、いずれとも違う

作品十四
令和二年十二月

心がはちきれんばかりに充実している
そう、それは私の音楽
私の絵画

目覚めても
余韻がずっと残っている
音楽としても絵画としても再現は不可能

啓示のようなその日から
原風景を求める、終わることのない旅が始まったのかもしれない
拙い詩を書くことが始まったのかもしれない

幻覚との付き合い　その一：若い頃

作品三十三
令和三年一月

前後左右上下に
極彩色の曼荼羅のような世界が
急速に展開していく

球体内部の中心に
私はいて
宙に舞い、目くるめくよう

至高の快楽である
いつ果てるともわからない
しかし、急に恐怖に襲われる

魔境に引きずり込まれる
逃げ出したい
全身全霊で力をふり絞って
ようやく目が覚めた

作品三十四
令和三年一月

幻覚との付き合い　その二：老境にあって

ヨガの亡骸のポーズを真似て
ゆっくりと全身の力を抜いて
特に、眉間の力、脳の力を抜き
幻覚の世界を呼び寄せる

始まりは
波模様だったり
縞模様だったり、
幾何学模様だったりする

そのうち何か見えてくる
聖なる区域の山々のようでもあるし

一瞬、何か光るものが見えたりする

白くてふわふわしたものが
点、点、点と
舞い落ちてくる

恐怖はない
この世ならぬ世界を
ほんの一瞬、体験している

絶対自由世界の王国かもしれない
遠のいた神の世界かもしれない
何かわからないが
別の世界の存在を感じさせる

宇宙遊泳の夢

青と白が斑《まだら》な巨大な地球が
すぐそばに見えている
あそこに我らは住んでいる

重力がないから
上も下もない
漂うでもなく、静止しているようでもなく

作品五十六
令和三年一月

無音の空間
無音の交響楽
壮大な静けさ

誰が招いてくれたのだろう
心地好い
しかし、一瞬で終わった

否？
永遠なのか？
神聖な経験だった

個性の美

若い頃
電車に乗っていた
前には七人の見知らぬ人が
座っている

暫くしているうちに
一人一人が輝き始めている
世界に一つしかない宝石かのように

作品二十八
令和二年十二月

一人一人が別々に輝いている
得も言われぬ美しさ
孤独のどん底にいたから
幻覚を視たのかもしれない
何かの錯覚かもしれない

それにしても
一人一人全く違う美しさ
世界に一つしかない美しさ
今は記憶にしか残っていない

作品七十一
令和三年二月

三つの神秘体験

まどろみの世界で
ひねくれていた自分を
正しい道に引き戻してくれた絶対の力
聖霊の力だったのかもしれない

絶望し、死を望み、家出したとき
夢の真っ白な世界で
美の女神たちが現れ
優しく取り囲んでくれた

情動の嵐が吹きすさび
激流に押し流されそうになったとき
必死にしがみついていた岩
手を放せば
破滅か地獄が待っている
あの岩は
神さまだったのだろうか

人生の終わり近くになって
夢と幻覚の世界が
実人生を大きく深く変えていたことを痛感した

第三章　詩人の人生

運命篇

若い頃
詩を書いていた
しかし、ある日突然
詩を書くことをやめた

生きて、人を愛せよと
人生の常道を歩めと
神さまに示唆された

作品三十
令和三年一月

その教えに従った

そして、生きて、愛して
区切りを迎えた
ほんとうにしたいことをしたいと思ったら
詩作を再開していた

若い頃の詩は
詩作の再開を予言していた
まるで運命のよう
神さまの意志なのかもしれない

絶望からの逃走

醜い面構えで、陰湿で
世間話ができず
談笑しようとすると
顔が引きつってしまう

人間が怖かった
家族とすら
まともに接触できなかった
生きていけないと思った

作品三十一
令和三年一月

だから、家出した
日本人の心の故郷
京都、奈良に慰めを求めた
奥深い山小屋で酒を飲んで眠るように死にたいと思った

白い雲の上に
眩《まぶ》しくて晴れやかな空間が開けている
美の女神が微笑んでいる

天上の世界を感じた
夢が私を救ってくれた
家に帰ろうと思った

作品三十二
令和三年一月

復活篇

歳を取るにつれ
私は明るくなってゆく
と妻は言う

最も暗かったのは大学一年次
学費値上げ闘争で授業は全面休講
ほぼ引き籠もり状態

本を読み、考え、日記を書く
日記から
時々詩が生まれた

性格が暗くて生活が成り立たなかった
しかし、詩を書いていた
生活と詩作とが両立していなかった

この頃、家出した

今は、隠退生活
老人智ゆえの明るい生活
詩も生まれている

生活と詩作が両立している
リビングで初孫と戯れ
書斎と教会で霊的なものに接している

詩想の泉

作品七十二
令和三年二月

書斎に籠もり
本を読んだり
物思いに耽ったりしていると

そして心の夾雑物が
沈殿し、濾過されていくと
心の奥底から神さまのささやきが聞こえることがある

老齢になって、意図して
まどろみの世界に落ちることができるようになった
この世の世界とは違う別の世界と親しくなりつつある

若い頃は待っていた
次の三行は
若い頃の作品である

詩は滴り落ちるもの
震える霊の葉先から
光を受けた露の一雫が落ちるように

今は意図して
その世界に
足を踏み入れようとしている

しかし、
それと引き換えに
死期が近づきつつあることを感じたりしている

第四章　愛の記憶

微風と光の島

私と妻と
娘夫婦、初孫の男の子の五人で
十二月のハワイに約一週間滞在した

爽やかな微風と
きらきらとした光
常夏の島である

リゾートホテルと
海が隣接するハワイ
自然と都市が調和しているかのよう

作品五十五
令和三年一月

孫は、ゼロ歳と九か月
まだ歩けない
でも、うれしそうにしている

孫が遊ぶ透明な浅瀬には
小さな魚が群れをなして
一直線に素早く泳いでいる

通りすがりの厳格そうな老人が
孫を見るなり
ぱっと明るく微笑んだ

五人、お揃いのアロハシャツを着て
海辺りを散歩する
至福の時間が流れている

作品二十一
令和二年十二月

我が初孫・我が天使

絶えず全力疾走し
たくさん笑い
たくさん食べて
元気いっぱいの初孫の男の子

怒られそうな気配を察すると
しばらくしてから泣き始め
母親に救いを求めて

母親にしっかり抱かれている
もし、内臓に重篤な疾患があり、
臓器が必要なら
進んで自分のものを提供したい
命の提供も惜しまない

自己の意志で
犠牲となって天国にいくなら
神さまは、微笑んで
赦してくれるに違いない

父と息子

初孫の男の子と義理の息子が
明るく暖かいリビングで
戯れている

楽しそうに、甲高い声を発して
大きな笑い声で
戯れている

まるで一つの球体かのように
一体となって
転げている

亡くなった父のことを
思い出してしまう

作品四十七
令和三年一月

父に無断で
親戚の家に泊まったとき
父は母を厳しく叱った

満員電車に乗る時
妹の靴がぬげてしまい、プラットホームに落ちたとき
父はドアに挟まれても、靴を拾った

優しくて暖かい人だった
子どものために
全力を尽くす人だった

父と私のように
義理の息子と初孫は、幸せな日々を積み重ねてほしいと
心から祈ってやまない

作品五十七
令和三年一月

生涯スポーツゴルフ

全身で自ら放った白球が
晴れ渡った大空を一直線に切り裂いていく
その爽快感

ふわりと白球を運び
ピンそばにぴたりと落ちる
プロかと見まがうショット

何歳でもプレー可能で
稀にプロのようなプレーができてしまう
不思議なスポーツ

まる一日

広大な自然のなかで
四人で遊んでいる

父親との間の
すき間風を無くすため
大学時代に始めた

その後、
打算が交じった付き合いゴルフが多かったが
今は、学校同期、家族など親しい者としかプレーしない

気楽に楽しんでいる
実の息子とプレーしたかったが娘しかいない
初孫の男の子とプレーするため
長生きしたいと夢想、妄想している

娘への贖罪

古びた一枚の画用紙が
どうしても捨てられない

一日、仕事休んで、一日、仕事休んで、と
端から端まで書き連ねられている

夫婦共働きで
寂しい思いをさせてしまった
学童保育などより
親といっしょにいたかったに違いない

家の近くの交差点で
母親が帰るのを

作品六十九
令和三年二月

待っていたこともあったそうである

結婚して娘夫婦も共働き
初孫を寂しくさせないように
全力で支援している

我ら老夫婦は
仕事はしないことにしている
要請があれば、孫の保育園へのお迎え

幸い、ジジババがお迎えに行くことを
孫は喜んでくれている
しかし、罪滅ぼしにはなるまい

一枚の画用紙は
いつまでも、心に突き刺さっている

娘の決意

ある日、娘は上気して
「私、公認会計士になる！」
と宣言した

その日から一日十時間以上勉強する
凄まじい努力の日々が始まった
それでも落ちてしまった

一日仕事を休んで、娘といっしょにいた

痛々しかった
あれほど努力したのに
報われない娘が

作品六十七
令和三年二月

哀れで仕方なかった
娘は心を癒やすために
京都に旅立った
土産にゴルフをしている鳥獣戯画の扇子を買ってきてくれた

合格したとき
家族いっしょになって喜んだ
人生最高の一瞬だった

結婚式で
公認会計士の試験に合格できたのは
父のおかげだと言ってくれた
少しは贖罪になったのかもしれない
生涯、大切にしたい一言である

作品六十六
令和三年二月

亡き父の介護の思い出

母が急逝したとき
「もう、楽しいことなんて何もない！」と父は言い放った
それから日曜日はなるべく
父といっしょに散歩するようにした

最初はけっこう郊外にまで
足を延ばした
昼食時ふたりで
ビールを酌み交わしたりした

そのうち足が弱くなり
自宅周辺に限られてきた

京都に単身赴任したときは

転勤していることがばれないよう
二週間に一度帰郷した

いよいよ歩くことが覚束なくなってからは
車椅子でゆっくり散歩した
それすらできなくなり
半年後、父は息を引き取った

最初の散歩の日から
約十五年の歳月が流れていた
今、散歩すると
父との思い出があちこちの小さな風景に
にじみ出てくる

それは
果てることなく繰り返されている

家族のお茶会

小学生の頃
毎週土曜日の晩
父は家族のお茶会を開いてくれた
百円玉を握りしめて
妹と一緒に
好きな駄菓子を買ってきた

作品四十八
令和三年一月

たまに
贈り物のパイナップルの缶詰があったりすると
すごく嬉しかった

友だちのこと
学校のこと、はやっている遊びのこと
何でも話した

父は毎朝、仏壇に線香を上げていた
いつのまにか
私も毎朝、仏壇に線香を上げている

作品二十二
令和二年十二月

亡き母のこと

必死に愛してくれた
母ですら
私のことは
理解できなかった

「何、考えているの?」
と、何度も言われた
自分で自分が分からないから
答えようがなかった

母は、スポーツマンの子どもが好きだった
一度、運動部に入り
真っ黒に日焼けしたとき

母は嬉しそうにしていた

母が悪いわけではない
この世そのものを異郷と感じてしまう
私の狂った感性が
母を苦しませていたのだと今は思う

狂った感性の裏側は
思いのほか明るく
晴れやかで爽やかであるが謎めいている
老齢になって、ようやく気付いた

そこが
詩を書く推進力になっている
最後の機会だからこそ
もう逃すまいとしている

昭和四十九年

放浪（ものがたりを慕ひて）

若い頃の作品です。明確に〝この世という異郷の地〟と謳っています。
森先輩は、最後の三行のフレーズをずっと覚えてくれていたそうです。
感謝です。詩人冥利に尽きます。

愛するもののいない
透き通るような寂しさの流れるときは
しめやかな霧雨を
ただ、じっと見つめながら
耐え忍ぶのです

この世という異郷の地にありながら
永遠に自ら断つことを許されぬ
贈り物を与えられ
ただ　ただ

たよりなげな　哀しい心を支えにするのです

憧れと　希望と　夢と
優しい愛の織りなす種々の宝ものが
暗い憂愁の雲間に隠れてしまうとき
小鳥を友にし
羽根のついた帽子をかぶった私が
いかにも中世風に
蒼穹の彼方の
古城の美しい姫君を訪うのです

そうして
流れている　流れている
ひえびえとした
哀しい郷愁に心をさいなまれながら
待つのです　待つのです
静かな恵みの時の到来を
静かな恵みの時の到来を

亡き母への懺悔

母は少し変わった人だった
でも
母は母で全力で
私を愛してくれていた

母は美人ではなかった
でも
ある日
母が輝くように美しく見えた

あの不思議な美しさは

作品四十九
令和三年一月

何だったのだろう
愛が美を生み出したのか
神さまのご褒美なのだろうか

母に暴言を吐いたりした自分
六十七歳で急逝し
母と私は
和解しないままだった

天国で会えたら
真っ先に
ごめんなさいと
言ってしまいたい

作品五十二
令和三年一月

小さな英雄経験

中学校の体育の授業で
跳び箱から落ちて
右手を骨折してしまった

左手だけの生活が始まった
母は、海苔巻きなど
箸を使わないで食べられるもので、弁当を作ってくれた

左手で字を書く練習をした
試験の解答を
左手で書いた

期末試験の結果、学年で二番だった

教頭先生は全校生徒が集まる講堂で
骨折した私が優秀な成績だったと言ってくれた

おとなしくて、目立たなかったのに
一躍、有名になってしまった
生まれて初めて英雄視されたりした

国語の答案が返されたとき
担当の先生が「岡村は字が汚い」と言った途端
クラスの皆は「骨折しているんだから仕方ないでしょ！」
と言ってくれた

今思えば、先生は故意に間違えて、ふざけて、鼓舞するつもりで
言ってくれたのかもしれない

その後、ずっと心の支えになった思い出である

作品六十二
令和三年一月

砂漠に咲いた花

都会の過疎で今は廃校になってしまった
私が通っていた中学校は
男女共学の進学校だった

毎日、勉強、勉強の繰り返しで
砂を噛むような日々だった

そんなある日、
隣に座っている普通の顔の女の子が
急にすごく可愛く見えた

受験生活が終わり
別々の高校に
進学することとなった

春休みに手紙を書き、彼女に送った
好きとか、浮いた言葉は
一切書かなかった

ただ、虚しい受験生活で
砂漠に咲いた花のように、思っていた、と
在りのままの気持ちを書いた

一度だけ上野公園で
いっしょにボートに乗ったけど
いつのまにか立ち消えになってしまった

無器用で、拙かったけれども
淡い初恋だったのかもしれない
遠い、遠すぎる思い出である

最も遠い記憶

朝から土砂降りだった
深夜
父に起こされた

「光章、立ってみろ！」
と父に言われ
ベッドから降りたら
くるぶし辺りまで水に浸かってしまった

既に床上浸水していた
昭和三十三年の狩野川《かのがわ》台風

作品七十七
令和三年二月

死者・行方不明者一二六九人
住宅の全・半壊・流出
一万六七四三戸

巨大な被害をもたらした台風
まだ五歳だった

二階に避難した
道路は冠水し河のようだった
生活用品を積んだボートを
漕いでいる人がいた
停電で電灯は点いていない
月光と星の瞬きのみ
幻想的できれいな風景だった
と記憶している

第五章　女たちのこと

作品二
令和二年十一月

天国と地獄篇

夢か　幻か
天上の高みの
それでも妙に暖かい純白の世界に
三体の女神が
微笑みながら、漂っている

永くて苦しい
放浪の末に
垣間見た
一瞬の世界

光に溢れ
永遠の救いかと思えば
裏側に業火に包まれた熱い地獄が
張り付いている
二律背反の世界

ともあれ
幸せだったに違いない
夢は
そこかしこに散らばっている

デーモンとの闘争

情動の嵐が吹きすさび
暗黒が世界を支配している
心はささくれ立ち
優しさも思いやりも忘却の彼方

激流に翻弄され
岩のようなものに
必死にしがみついている
手を離せば破滅か地獄が待っている

作品十三
令和二年十二月

嵐が去り
今、心は凪いでいる
あの岩*は
神さまだったのだろうか

平穏なとき
祈りを捧げる対象の神さまだったのだろうか
神さまは姿を変えて
あのとき、私を救ってくれたのだろうか

＊詩篇十八編第三節〝主はわたしの岩、砦、逃れ場、わたしの神、大岩、避けどころ、私の盾、救いの角、砦の塔〟「聖書」（新共同訳）

堕落篇

お金があって
セックスが強ければ
それだけでいいわ、と
嘯く場末のホステス

店には煙っぽい生暖かい空気が溢れている
姚絶な姿態をねじらせ
下半身の話題にけらけらと笑い
瞳は虚ろで朧げ

作品十五
令和二年十二月

でも、心ひそかに
真実のかけらを求めている
救ってくれるかもしれない
蜘蛛の糸

終わりようのない退廃の日々
愚かな男とのラブゲーム
祝宴などではない
悪魔がにやりと笑っている

悪魔の誘惑

真面目で誠実そうで
優しくて、慈愛に溢れている
誰もが好きになってしまい
愛し愛されることを期待する

しかし、ある日
シャボン玉が弾けるように
完全な球体を装う偽物は
破裂してしまう

作品二十九
令和二年十二月

惹きつけるだけ惹きつけ
突然、ぱーんと
突き放してしまう
悪魔の常套手段である

悪魔は
自分が悪魔であることを知らない
悪魔は自分が悪魔であることを知ったとき
蛆虫と化してしまう

日常への回帰

春は桜満開の公園
夏は太陽と海がまぶしい砂浜
秋は枯れ葉散る夕べ
冬は雪化粧した金閣寺

感受性が一致し
対象への感動が
心同士で溶け合うときの
至福の瞬間

作品十二
令和二年十二月

甘えて、すねて
たわいもないことで笑い
些細なことで怒り出し
それでもいつも仲直りする

永遠の愛なんて気恥ずかしい
でも、
毎日がそんな繰り返しなら
それで幸せ

愛の本質

一人の女は
一人の男しか幸せにできない
一人の男は
一人の女しか幸せにできない

もてたって、
何の意味もなさない
女も男も
唯一の愛を求めている

怪しげで華やかな夜の街
虚言を吐きながら
絶世の美女に
男たちは群がる

作品四十一
令和三年一月

ただでさえ
遠のいてしまったのに
コロナ禍で
更に遥かに遠のいてしまった

老夫婦が
河の岸辺を散歩している
自然の緑が溢れ
時に小鳥が囀り飛んでいる

何十年もの
時の積み重ね
思い出がぎっしり詰まった我が家に
青い鳥は住んでいる

第六章　生き甲斐の心理学の学び

作品六十一
令和三年一月

植村高雄先生との出会い

初対面の酒席で
小学校の頃の、忌まわしく罪深い思い出を
話してしまった

五十年以上、誰にも話したことがない
生涯忘れようもない
厭な思い出

修学旅行の班分けの際
班長の私の元には
冴えない奴らばかり

怒って、つい言ってしまった

「低能な奴らばかり、集めやがって！」

と、言ってしまった

「岡村、もういいよ」
何人かに、力無く、言われてしまった
差別していた自分が、
どうしようもなく恥ずかしい

何故だろう
初対面の植村先生に対して
まるで懺悔するが如く
罪を告白してしまった

生き甲斐の心理学の創始者である植村先生との付き合いは
その日から始まった
平成二十九年の秋頃だった

作品五十八
令和三年一月

愛の輪

愛の輪のなかにいれば
幸せに浸れる
光に溢れ、暖かくて、自由な世界

愛の輪の第一は
家族との世界
ゆったりとした時間が流れ
心が充ち足りている
特に初孫と戯れるときは
これ以上ない、至福の時間が流れる

愛の輪の第二は
生き甲斐の心理学の学びの場
小金井の勉強会*

大いなるもの、神さま、永遠なるものについて
自由闊達に喋ることができる
魂が寛げる世界

愛の輪の第三は
高校同期とのゴルフの集まり
十五人の同期生が、ゴルフだけでなく
互いの健康、これからの人生、政治のことなど
思う存分、語り合う
身体の健康に役立つ世界

心と魂と身体を大事にしている
愛の輪の中に
いつも留まるようにしたいと思っている

＊植村高雄氏を講師とする〝生き甲斐の心理学〟の勉強会。東京都小金井市の修道院で開かれている。

心の立脚点

作品十六
令和二年十二月

心の第一領域は、感謝と満足の世界
第二領域は、理想の領域
第三領域は、感情の領域
理想と現実のギャップから不安感、ストレスは生まれる

私は才能に乏しいという自覚があり
個人としての理想を高くは置かなかった
知識人の家庭をつくりたかった
そして、それは相当程度実現した

理想の社会
世界平和へと着々と進み
民主主義により
人々の自由、平等、博愛が保障される

しかし、現実は
第三次世界大戦の勃発が否定できず
貧困に喘ぐ多くの人々が存在し
地球環境は人類の自殺行為により破滅に瀕している

理想と現実のギャップは甚だしい
安心と安全は容易には得られない
人類全体の宥和など在り得ないのか？
絶望だけはしないと決めている

個性の合致と世間様

日本の前近代的社会では
世間様に背けば
おどろおどろしい地獄絵図が展開される

絶えず同質性が求められ
突出した個性は疎まれ
変わり者扱いされ、時に放擲されてしまう

明治になって
西洋思想が輸入され
漱石は個人主義を小説に忍ばせた
『それから』の主人公は
個性が響き合う人妻を

作品四十五
令和三年一月

略奪し、結婚し、世間様を捨てた
『門』に登場する夫婦は
まるで世間様からの懲罰のように
三回も流産し、主人公の男は禅寺に向かう

〝生き甲斐の心理学〟は個性の美を尊重し
自己実現への
道標を示す

同質性を強いる
世間様とは
真逆である

しかし、世間様の残滓は
現代社会のあちこちに
まだ、しつこく張り付いている

作品八
令和二年十二月

たわわな実り

人が生まれ、育てられ、すくすくと成長し、
結婚し、男女が一体となり、
また、人が生まれ、育てられ、

ホモサピエンス出現以来、
地球上のあらゆる場所で
繰り返されてきた、単純で普遍的な人生の流れ

複雑さは、時として汚れを伴う
悪魔的な力は、時として人生を破壊する
祝祭は素晴らしい
しかし、一夜の夢かぎり

生涯をかけた時の積み重ねが肥やしとなり

ようやくにして
愛の実は
心のなかに、たわわに実る

人は誰も罪人
心の奥深くには
暗く重く渦巻くものがあり
棘の在る過去を持たないものはいない

されど
たわわに実った愛の実は
豊かで芳醇な香りを放ち
人々を魅了する

奇跡ではない
そこかしこに
愛の実は実っている

神の国

昭和四十九年

この作品は、私が大学生の頃に書いたものです。

あえて、ここに掲載したのは、前出の作品　〝たわわな実り〟と深く関係しているからです。

当時、啓示といっては大袈裟ですが、何かしら神さまの導きのようなものがあり、そのことがその後の私の人生の指針になっていたと思います。

道に外れたこともしそうになりましたが、なんとか持ちこたえました。

神さまに感謝の限りです。

死の向こう側に在る世界から
放たれている
わずかばかりの
細々しい光をたよりにして
私は
私の生活を

織りなしてゆく

そは神の定むるところ
反逆は許されず
反逆は
神の意志への冒瀆なり

そは我を孤独より救い
聖なる道を知らしむるものなり
絶えず　絶えず
深き優しみに満ちた
宇宙の良心へと導き給うもの

そは神の定むるところ
反逆は許されず
反逆は
神の意志への冒瀆なり

煙立ち昇り
きらめく灯火を散らしむる
あの懐かしき家郷の真実を
そは我に伝え
いずこの人も歩む　歩めかし
人の心の奥深くに潜む
静かなる人生の常道を教え給わん

ああ　我
永遠に　永遠に
汝の道を忘れまじ

汝の訪れ給う刹那の真実を
我　永遠に
死を辞せず
忘れまじ　忘れまじ

霊知

昭和四十九年

若い頃に書いた作品です。生硬で霊的な感情がむき出しですが、当時の自分をよく表しています。

私は　私が生まれる以前の私に
戻らなければならない
そして
死してゆく世界の私に
落ち着かなければならない
永遠が
私を待ちかまえている
神は
私を
私の天性の私へと　導く

作品三十八
令和三年一月

錨をおろして

私は、今
精神の高原地帯にいる
神の世界に
少しだけ近くなっている

ヘルダーリン*は
更なる高みを求め
放浪し、孤独を窮め
神々の世界への壮大な讃歌を謳い上げた

しかし、その後、彼は狂気の闇に落ちていく

〝危険のあるところ〟には行けないし、行きたくない
以下は、ヘルダーリンの『パトモス』という長編詩の

最初の四行である

〝神は近くにあって
しかも捉え難い
だが、危険のあるところ、そこには
救いの力もまた育つ〟

ヘルダーリンは、この詩を書いた数年後
狂気の闇に落ちていく
救いの力は
彼自身には機能しなかったのだろうか

若い頃、神さまの啓示を受け、その教えのままに生きてきた
真善美に生きた
そのことを意識化できたのは
生き甲斐の心理学との出会いがあったからである

私には
生き甲斐の心理学の学びがあり
すずきゆきお画伯の暖かくて明るく神聖な絵との出会いがあり
カトリックの洗礼への意思がある

今の精神の高原地帯に錨をおろして
私は
詩作と生活とを両立させ
生き抜いていきたい、と思う

*ドイツの詩人、思想家。神学校を卒業しながら牧師にはならず、家庭教師をしながら、多くの詩作を行った。

作品二十四
令和二年十二月

死の国への憧れ

娘の結婚式で
新郎新婦の思い出を
スライドで紹介する最後のテロップが流れた
〝今まで幸せでした。これからも幸せになります〟

このフレーズを読んで
ああ、これで自分の人生は完成したなと思ってしまった
以来、人生の完成に伴う
安楽死を妄想したりしている

オランダという国には
人生の完成に伴う安楽死を認めるか
認めないかの
議論が在るという

カトリックでは自殺は戒律で禁じられている
ヴァン・ゴッホはピストル自殺したが
葬儀はおろか
教会は葬列の際、鐘すら鳴らさなかった

国立国会図書館で三十五年半、立正大学で四年半、働き、退職し
娘が結婚し、男の子の孫が生まれ
社会人としても、家庭人としても
役割は、ほぼ終えたように思っている

好きなことを好きなだけしたいと思い
三年間、いろいろ試みたが、
残ったのは
原風景への旅路でもある、詩作だった

カトリックの洗礼を受け
確かに天国へ行けるようにしたい

精緻で堅牢なカトリックの教義に
神聖な美しさを感じている

チャイコフスキーは
〝死は母の国〟
モーツァルトは
〝死は最上の友〟という言葉を残している

死の国への憧れは尽きない
しかし、洗礼を受け
人生の総決算である詩集を編み、
出版する

生き甲斐の心理学の学びが無ければ
詩は書けなかった、と確信している
だから、恩返しという意味も含めて
生き甲斐の心理学の普及のために尽くしたい

その後、心のなかで、
愛し、愛されている人々に囲まれて
天国に旅立ちたいと
切に願う

作品五十
令和三年一月

老夫婦の日常風景

私の家事能力は
必ずしも万全ではない
掃除、食器の後片付けの後など
妻の小言が飛び交ったりする

逆らう気も
怒る気もない
それどころか
何故か笑いがこみ上げてくる

六歳下の妻ながら
家事はずっと先輩
私は結婚間近の数年前まで
一切の家事をしたことがなかった

料理は実力の差が顕著にあらわれる
だから、同じ料理は作らない
手間ひまかけて
長く時間がかかるものを作ったりする

牛舌シチューは
五時間以上かけて
ことことと煮込む
私しか作らない

コロナ禍では
レストランに行けない
だから、レストランの味の再現を試みるが
似てても同じにはならない

外出は
買い物と近所への散歩のみ

公園、寺、神社、
河の岸辺などを歩く

昆虫や小鳥などがいると
必ず孫のことが話題になる
孫がいたら、どんな反応をするか
二人で想像し、予測し合ったりする

コロナ禍で
どんなに不自由でも
幸せを感じることは可能である
生き甲斐の心理学の学びの成果かもしれない

いつ、終わるか分からないコロナ禍
外国旅行の計画は
ご破算になってしまった

でも、そのかわりに

平凡過ぎる日常を
満喫するようにしたい

第七章　美の点描

東寺の立体曼荼羅

講堂に一歩足を踏み入れると
森閑とした
仄暗い空間に
浄らかな霊気が漂う

二十一体の仏像が配置されている
東西南北の四隅に四天王像
右側に梵天
五菩薩像

作品十七
令和二年十二月

大日如来を中心とした五智如来
不動明王を中心とした五大明王
左側に美男子と言われる帝釈天

中央に座す堂々とした大日如来は
深い眼差しの彼方に
宇宙の真理を示し
苦悶する魂の奥底に一筋の光をもたらす

何度訪れても
深遠な悟りの空間に
我を忘れる
時の流れは堰き止められている

天才のインスピレーション

作品十八
令和二年十二月

ミケランジェロが描いた
荒々しい
白鳥のデッサン
描線が微かに震えている

まるで
神が創り給うた白鳥が
初めて飛び立つかのよう

感動の一瞬である

若い頃
銀座のデパートの展示会で
巡り合った一枚のミケランジェロのデッサン
しかし、生涯忘れられない

天才の霊感は
あらゆる作品に見え隠れする
小さなデッサンにも
システィナ礼拝堂の壁画にも

薬師寺の薬師三尊像

中学校の修学旅行で一目惚れした
薬師如来の脇侍
絶妙のプロポーションの
日光菩薩・月光菩薩

爾来
訪れる回数が増えるにつれ
感動の在りようが
変化してゆく

作品十九
令和二年十二月

仏像に性差はない
男でもなく女でもない
しかし、一目惚れしたときは
明らかに女だった

しかし、今は
官能の彼岸にある
地上の美であると同時に天上の美
天平の時代の奇跡としか言いようがない

聖林寺十一面観音菩薩立像

作品四十三
令和三年一月

大和三山が見渡せる
奈良県桜井市の小高い丘に
静かな佇まいの
聖林寺が建っている

本堂脇の廊下から御堂に達し
重厚な扉が開かれると
薄暗い空間に
十一面観音菩薩立像が出現する

引き締まった体躯に
きりりとした表情
厳かな、厳か過ぎる雰囲気は
観る者を圧倒する

仏の世界とは
これほどに厳しく
しかも慈愛に溢れたものなのか

この仏像は
御堂で一体、ひっそりと
天平の世からの時を刻んでいる

東大寺戒壇堂広目天像

多くの観光客で賑わう大仏殿から
歩いて数分離れたところに
戒壇堂が在る

参拝客はまばら
時には
一人での鑑賞も可能になる

北方の守護神、多聞天像
東方の守護神、持国天像
南方の守護神、増長天像
そして、西方の守護神、広目天像

作品四十四
令和三年一月

他の四天王像は武器を持つが
広目天像は
右手に筆
左手に巻物を持つ

冷厳な眼差しで
遠くを見つめ
智謀・智略の力で
仏敵に備えている

何度観ても
その気高さに魅入られてしまう
卑屈さを自分から追い払い
冷静な頭脳を覚醒してくれる

法隆寺百済観音像

この仏像は
かつて、海を渡って
パリで展示されたことがある

当時のシラク大統領は
予定時間を遥かにオーバーして
見つめ続けたそうである

すらりとした痩身から
醸し出される
天界の繊細さ

作品四十六
令和三年一月

光背はやや大ぶりで
この世ならぬ存在であることを
観る者に迫ってくる

右手を差し出し
左手には瓶を持つ
微笑んでいるのかいないのか判然としない

忘れることなどできない
神秘的な美しさで
地球上の多くの人を魅了する

作品二十六
令和二年十二月

国立図書館の神聖な使命

国内の出版物を網羅的に収集し
利用に供し、
半永久的に保存する
そして、一年間の出版目録である全国書誌を刊行する

国立図書館の基本的な使命、役割である
どんなサイズの小さな国にも
必ず、国立図書館は
存在する

情報媒体がいかに変わろうとも
その使命、役割は変わらない
ネットの情報すら
ロボットを走らせて収集し利用に供し保存している

人類の文化遺産を
永く継承するための事業
神聖なものを感じていた
だから、働き甲斐を感じていた

もし、利潤を追求する企業に就職していたら
私は
破滅していたに違いない

だから、後悔はない
神聖なものに仕えたい、という思いは
詩作も同じ

神聖なことに関わることが
私の人生に通底していた、という認識が成立するなら
私は、殊の外、うれしく思う

作品四十
令和三年一月

未来型の国立国会図書館関西館

自然との共生がテーマである設計思想を反映し
一面のガラス張りの外壁を通して
中庭に植えられたブナやナラ等の里山を思わせる樹木が
約五十メートル離れた玄関前の道路から仄見えている

幅広な大理石の階段を降りると
漆喰を思わせる白っぽい壁に取り囲まれた
吹き抜けの巨大な空間が開け
利用者を迎えてくれる

関東の「筑波研究学園都市」と対になるかのような
関西の「けいはんな学研都市」の中央付近に在り
高度情報化社会への対応を
建設目的の一つとしている

グーグルに先駆けて
資料を電子化し
ネットで無料公開する
世界的な事業を成し遂げた

国内のウェブサイトそのものを
ネット上にロボットを走らせ
リンクを辿りながら収集し
サーバーに固定する事業を創始した

二年間業務を主導した月日が、仕事の上では人生で最も充実していた
平日は未来に向けての事業を行い
土日は京都奈良の神社仏閣巡り
未来と現在と過去の時間が流れていた

軽井沢の千住博美術館

作品五十一
令和三年一月

床が緩やかな坂道になっている
大きなガラス張りの円柱のなかには、草や樹木が植えられ
自然光が採り入れられている
落ち着いた白一色の床、壁、天井

あたかも
自然のなかを散歩しているかのように
建築設計により意図され
心地好い

数多くの神秘的な滝の絵
静寂の世界で巨水が重力のままに落ち
水煙が波打ち

無言の宇宙劇が演じられている

童話『星のふる夜に』*が連作で展示されている
親とはぐれた子鹿が夜の世界をさまよい
ようやく夜明け頃に再会する
嬉しそうな子鹿の顔が微笑ましい

奥には壮大な滝の絵専用の部屋
薄暗い空間に
時には泉があり
時には動画や音楽が作者の世界観を演出している

何度も訪れている個性的な美術館
屋内も屋外も
澄んだ空気と明るい光に溢れ
至福の世界に招いてくれる

＊『星のふる夜に』（千住博・作　冨山房）

第八章　洗礼に向けて

作品五
令和二年十一月

教会での慄き

頻繁に訪れた
軽井沢の
小さな教会

スコットランドの宣教師たちが創立し
ひっそりとした森のなかに建っている
爽やかで、光に溢れ
気品のある風土に育てられた教会

心が落ち着くはずなのに
かすかに、慄いている

過去にしこりがあり
素直になれない自分

慄きは
時として恐怖となり
悟られぬよう、逃げ出していく
その幾度もの繰り返し

心を整え、学ぶべきことを学び
洗礼を受けて
教会に堂々と入場する日
慄きは
晴れやかな思いに変わる

作品六
令和二年十二月

帰郷篇

私が生まれたのは
日本という国の埼玉県川口市
かつては鋳物工場が乱立していた地方都市

煤煙で星空は見えにくく
豊かな田園風景は
遠い彼方に有りや無しや
ただ、幅広い荒川が滔々と流れ
遊び場だった河川敷が自然を主張している

それでも故郷

でも、だから、

私は若い頃から何処かに帰ろうとしていた
故郷である家にいるはずなのに

今はわかる
仕事も家庭も義務らしい義務はなくなり
幼少年時代のような自由を満喫している
今だからわかる

何処に？
神さまの御心に抱かれる世界に
そう、私は帰ろうとしている

そして
そういう自分を謳おうとしている日常に
生きる意味を見出している

昭和四十九年

帰路

この作品は、私が大学生の頃に書いたものです。
あえて、ここに掲載したのは、前出の作品〝帰郷篇〟と深く関係しているからです。
今の私は、生き甲斐の心理学の学び、すずき画伯の絵、そして教会に通うことにより、
ようやく「帰る」ことのできる世界を見つけたようです。

僕は毎日歩いていた
心のおもむくままに
いつか必ず
「帰る」ことができる世界に
辿り着くことを信じて

僕は毎日歩いていた
いつになっても、どこへいっても

僕の後ろについてまわる
暗い影を嫌って

僕は毎日歩いていた
遠い、懐かしい世界から聞こえてくる
あの優しい笛の音を生み出す人のもとへ

青い、水晶のような天蓋が
僕を包んでいる
いつか夢見た世界に惹かれて

僕は毎日歩いていた
何の意味かもわからずに
それでも
希望に胸をば高鳴らせ
僕は毎日歩いていた

稚拙な三位一体のソネット

作品二十
令和二年十二月

心の窓を素直に開くとき
あなたはいつも傍にいてくれていました
ようやく、この年齢になって
あなたのことに気付きました

『ギータンジャリ』*に登場してくるあなたは
あなただったんですね
呼び名は違っていても
同じあなただと鳩たちが教えてくれました

啓示の永遠の一瞬
あのとき
神さまを感じて以来
あなたはずっと傍にいてくれていた

ホモサピエンスである私のなかの聖霊と響き合い
あなたキリストと神さまと
ようやく三位一体が
解りかけています

＊インドの詩人、タゴールの詩集

作品二十七
令和二年十二月

天国の風景

太陽も月も星もない
あらゆる事物が
それ自体から輝かしい光を放っている
光が溢れ、影というものが無い

人々は
運命のない世界にやすらっている
個性の美を常に発露し
讃え合っている

神さまは天国の全てを覆っているが
顕現しない
人々は、神さまを常に感じ
感謝と祈りを捧げている

天使たちは
神さまからの贈り物
愛くるしいその姿は
人々の笑みを誘う

美しい花々は咲き乱れ
芳醇な香りを放つ
人々は歩くというより
軽やかに舞っている

コロナ禍の不幸

早く洗礼を受けて
混沌とした内面世界を統べる方に
神さまに教会で一刻も早く包み込まれたい

コロナ禍が恨めしい
先に進んでいない
学識をどんなに増やしても

作品三十五
令和三年一月

理性、知性だけでは何の解決にもならない
夢想ばかりしていても
地に足がつかない

先達の力をお借りしたい
神父様に導かれて
先に進みたい

焦りは禁物と分かっていても
少しも進んでいないようで
苦しい

先祖の霊

毎朝
仏壇に線香を上げ
合掌している

お盆のときは
笹と鬼灯《ほおずき》で結界をつくり
蒲《がま》の穂で邪気を払う

位牌は三つ
父と母と
祖父等数人のもの

作品三十六
令和三年一月

死者と向き合う
数十秒の時間が
毎朝、繰り返される

あの世とこの世とが
実感されることがある
あの世は天国と同じなのだろうか

宗派は真言宗智山派
空海が開祖である
洗礼を受けようとしている自分と
不自然でないようにしたい

人生の分岐点

作品五十三
令和三年一月

人を殴ったことなど
小学校以来、全く無かった
しかし、言葉による暴力は凄まじかった

これを言えば傷付くと分かっている一言を
意図的に
はっきりと言ったりしていた

性格は暗くて、ひねくれていた
当然、
嫌われ者だった

暗夜、泥沼のなかで
息を潜めて

蠢いているようだった
ある晩
何かの働きかけがあった
曲がっているものを真っすぐに変えられた

元に戻すことはできない
絶対の力の
外からの働きかけだった

性格が次第に明るくなっていった
闇の国から光の国に
移住したようだった

あの力は何だったのだろう
自分ではないものの
外からの働きかけだった
神さま、キリスト、聖霊、他の何か

分からない
区別などつけようがない

新しい人生の出発点だった
啓示の一瞬だったのかもしれない
そう名付けたこともある

信仰生活の出発点でもあった
大学の頃、カトリックの教会に通ったのも
何ものかの正体を知りたかったからである

不幸なことに神父さんと
仲違いしてしまった
全面的な理解を求めた私が悪かったのかもしれない

形式的なことではなく
飾りのない
心と魂に響く導きを求めていた

今また教会に通っている
人生の終わりに近づくにつれ
分かるような気がしている

言葉は要らないのかもしれない
神父様は、カトリック教会は
私を包み込んでくれそう

既に道は開けている
もっと光がほしい
もっと信仰の道を照らしてほしい

作品六十
令和三年一月

聖霊の力

コロナ禍で
洗礼準備講座は
休止状態

せめて独習したいので
『カトリック教会のカテキズム』を
丹念に読んでいる

読み進めていくうちに
心に沁みるような
魂に響くような

純な、透明度の高い
名文に出会ったりする

時には
天上の香りが漂うような
錯覚にすら襲われる

読み終わったら
私の内面世界は
大きく変容しているであろう

キリスト教に対する
誤解と無理解に
蝕まれていた私の内面世界

聖霊の力が働いて
正しい方向に
導かれている

作品六十三
令和三年二月

真善美について

今まで朧げではあるが
真善美は
根源的なものから派生するものと
認識していた

『カトリック教会のカテキズム』には
〝被造物の多様な完全さ（真、善、美）は
神の無限な完全さを反映するものです〟
と書かれている

私の思想は
私の人生経験、読書、感動体験等の積み重ねから

形成されたもの
断片的で体系性に乏しい

今までは
神さまと根源的なものは
別もののように思っていたが
同じものと認識することが正しいとカテキズムは教えてくれる

キリスト者として
生まれ変わるためには
素直に受けとめることが肝要なのだろう
正しい認識を持たないといけない

今は、無心に受けとめていきたい
その先に見えてくるものがあるように思う

教会に向かう

作品六十四
令和三年二月

私は私なりに
信仰を持っているつもりである
神さまが示してくれた道を
私なりに生きてきたつもりである

でも、人生の終盤を迎えて
何かしら不足していると感じ始めた
信仰は教会に根をおろさないと
確実なものにはならないらしい

私を教会に向かわせているのは
聖霊の導きだと思う

聖霊の力が働いているように思う
以前、教会に長く滞在していると
恐怖感で逃げ出したくなったのは
聖霊の力に
素直に従わなかったからだと思う

洗礼を受け
教会が私の人生に深く根付いてくれれば
救いの手が差し伸べられ
魂の平安が訪れてくるような予感がしている

教会は〝わたしたちの母〟であると
思える日は
遠くないように思う

第九章　詩人の生き方

神さまの研究室

作品七十四
令和三年三月

夢を見た
大学の薄暗い研究室に
自分は居た

もう大学教授ではないのに
この研究室に居ることが
何故かうれしい

何を研究しているのだろう
詩を書くことは
研究活動ではない

書棚が無かった
文献無しに
研究などできるわけがない

外に出て
フィールドワークから
研究成果を得ているのだろうか

分からない
でも
充たされている

神さまに
そっと
手を合わせている

作品七十五
令和三年三月

詩人であること

言葉の職人であるような
詩人になりたかったわけではない

無職であることを恥じる人が
役所の書類の職業欄に
詩人と書くことがあるらしい

言葉の職人
例えば作詞家なら
儲かることもあるかもしれない

無職であるのに

詩人と書く人の心理は
詩人は儲からない
と思っているからだろうか

清貧に喘いだ詩人はたくさんいる
むしろ生活の苦しみに洗われ
見事な詩を謳い上げたりしている

詩人であることは職業ではない

心の奥深くに潜む
神さまの世界を
美を、愛を
伝えることを使命としている

作品七十六
令和三年三月

これからのこと

間違っていなかった、と思う
若い頃
神さまから示された
人生の常道を歩んできた

生きて
働いて
家庭を持って
人を愛した

終了の笛が

遠くから聴こえるようだから
詩を書き始めた

やっぱり
間違っていなかった

これからは
神さまへの恩返し
感謝の祈りを捧げるとともに
神さまのことを伝えることを
使命にしたい

人生の終盤
新たな生き甲斐である

あとがき

詩が五篇生まれるたびに、植村高雄先生、すずきゆきお画伯、森裕行先輩にメールでお送りしていました。

皆さんから、それぞれ感想をいただき、それらを励みにしたりして、十数回にわたって更に送り続けました。

最初に詩集出版の背中を押してくれたのは、植村高雄先生です。

五十篇ぐらいたまったら出版に踏み切ろうと思っていましたが、いつのまにか七十篇以上たまってしまいました。

不規則に生まれ出てきた詩でしたが、区切りが来たと思われた時点で詩集として構成したところ、九章立てになりました。

約五か月、詩の神さまに包み込まれたような期間でしたが、今は創造のオフ状態です。

私の詩作を支えていただいた皆様に文章を寄せてくださるようお願いしたところ、快諾していただきました。

詩想の泉の潤いを復活してくれた名画「心あいの風」の画家、すずきゆきお様から「道しるべ」と題する文章をいただきました。

森裕行先輩は、私の大学時代をよく知っています。当時のことなど書いていただきました。

生き甲斐の心理学の創始者であり、尊敬してやまない生涯の師である植村高雄先生に締めくくっていただきました。

御三方に深く感謝しております。

道しるべ

すずきゆきお

新しいことが始まるのは、いつも突然である。絵のシリーズが始まるのも、いつも突然である。ある時は雨上がりの水たまりを飛んだ時に、雷に打たれたように新しい作風が生まれたことがある。偶然に水たまりを飛んだ、その瞬間に予期せぬ新しいことが始まるわけです。

それと似たような事が、美岳画廊で開かれた個展（二〇二〇年十月八日~十三日）で起きた。「生き甲斐の心理学」の勉強会での友人、岡村さんにご来場いただいた十月十二日のことです。「心あいの風」の絵を前にして、岡村さんが、「これは私の原風景だ！」と呟いたのです。その感想に突然の雷に打たれたような気がしたのです。

心の扉をノックされてしまった。

私の絵は、どの絵も特定の風景を描いたものではなく、色彩、形から喚起されて生まれる心象風景である。

ですから感想に戸惑ったのです。お互いの生育史は違うわけですから「原風景」が同じはずがないという思いです。

しかし熟慮すれば絵に深く共感した岡村さんと「原風景」を共有したのかもしれないと気づかされたのは、個展後「心あいの風」の絵に出会ったことにより、詩作を止めていた封印を解き詩作を再開したという。

その詩の数々を読みはじめると、私がもし言葉で表現するならば、こうであろうと思われる詩だった。

四枚の翅を付けた
愛らしげな蝶々が
森の奥深くの
広々とした花園に
軽やかに舞っている

……………………………………（略）

ふと見上げれば
何かしら神々しく輝くような
陽の神の如きもの

……………………………………（略）

「（出会い）より」

中央に在る
渦巻くような光の集まりに

造物主を感じる

……………………………………（略）

全ては神さまの象徴
永遠なるものの存在を
示唆してくれている

「（永遠なるもの）より」

詩を読み進むうちに、私は鏡に映った自分の姿を見るかのように詩に書かれた「心あいの風」に相対していた。遠い日々を思い出すために時を遡って旅立つかのようであった。いつのまにか詩で表現された、彼方！　へと旅を促されていた。

大いなるものの存在は
自然と詩と芸術、そして夢が
人々にそっと示唆してくれる

……………………………………（略）

「（聖堂の森）より」

これは旅の（道しるべ）に違いない。岡村さんの芸術観、宗教観、そのものが詩の言葉として（道しるべ）に記されているかのように思われた。その道の彼方には、桃源郷が忽然と顕れていた。

太陽も月も星もない
あらゆる事物が
それ自体から輝かしい光を放っている
光が溢れ、影というものが無い
…………………………（略）
神さまは天国の全てを覆っているが
顕現しない
人々は、神さまを常に感じ
感謝と祈りを捧げている
…………………………（略）
「（天国の風景）より」

私はこの詩集を読了したあと、水たまりを飛んだかどうかは別にして、雨上がりの澄んだ青空を目にした幸せを感じているのです。

新しいことが始まるのは、

いつも突然である。

静かな恵みの時の到来

森　裕行

詩集を拝読させていただくと、あらためて詩人・岡村さんの多感な青春、大学生時代を思い出す。私が岡村さんと大学で出会ったのは一九七二年の春だった。慶應義塾大学教養課程の日吉キャンパスにあるドイツ文化研究会（以下、独研と略す）の部室だった。岡村さんは経済学部の一年生、私は工学部の二年生だった。

当時は学園紛争の時代で、キャンパスもヘルメット姿の学生が目立ち、夏休みが明け前期の試験の最中に学費値上げ阻止闘争が本格化し、授業が中止となっていく。それからいろいろあったが、私が卒業するまで岡村さんとは、独研でドストエフスキーやヘルダーリンを語ったり、独研の「アドラー」という雑誌に投稿しあったり、夏合宿やコンパをエンジョイしたりした。岡村さんはヘルダーリンを読みこなしドストエフスキーの作品の話をよくされていたことを思い出す。

時代は大きく変わり始めていた。一九六〇年代の世界的な学園紛争、三島由紀夫の事件からあさま山荘事件、さらにベトナム戦争の終結などを通し、何となく時代は言葉の力を失い世俗化の波が覆っていく。そんな中で、出会ったのが岡村さんの一九七四年の「アドラー」に投稿された詩であった。

……

ひえびえとした
哀しい郷愁にこころをさいなまれながら
待つのです　待つのです
静かな恵みの時の到来を
静かな恵みの時の到来を

「放浪（ものがたりを慕ひて）より」

岡村さんは、この詩を書かれたころキリスト教、カトリックに深い関心を寄せていた。私自身も洗礼を受けていたが、高校生のころから教会から離れていて、この後半の三行は特に心に浸みこんだ。言葉が力を失っていく時代にありながら、私の魂に強く響いたのである。

あれから五十年近くが経ち、岡村さんは、国会図書館の仕事を成就され、大学の特任教授の仕事を早めに切り上げられ、神秘的にも詩人として返り咲き、洗礼の準備をされていらっしゃる。

……

だから、後悔はない

神聖なものに仕えたい、という思いは
詩作も同じ
………「国立図書館の神聖な使命」
この言葉は再度、私の魂に響きわたる。神聖なものに仕えたいという思いが意識化されたのである。岡村さんのこの魂の詩集を祝うと共に、魂の詩人としてのこれからのご活躍をお祈りする。

人間の魅力と神秘について

植村高雄

人間の美しさ、切なさ、運命の絡み合い、色々の出来事の意味を深く感じさせる詩集を頂き有難うございました。この詩集から久々に魂の旅、魂の真善美を感じました。岡村さんの波乱に富んだ心の旅が、詩という大和言葉で、素直に語られていたからです。

第一章の「心あいの風」から「夢と幻覚」「詩人の人生」「愛の記憶」「女たちのこと」「生き甲斐の心理学の学び」「美の点描」「洗礼に向けて」から第九章「詩人の生き方」と九つに分類されていました。

最後の第九章は詩人の生き方という詩です。その中の一文は、「神さまの研究室」という文章です。私が研究した宗教心理学および比較宗教学では、神さまの研究で、岡村さんが思索した視点、つまり第九章の視点はケルト神話の中で触れたことがありました。このケルト神話の視点をいつ岡村さんは触れていたのか知りたくなりました。ギリシャ神話、日本の神話、ケルト神話、旧約聖書の雅歌の内容は、この岡村さんの第九章「詩人の生き方」に酷似していますが、岡村さんと飲みながら語り合いたい視点です。不思議な人です。

さて、どの詩も私を刺激しましたが、何故か第三章「詩人の人生」の中の「絶望からの逃走」を最初に読んだとき、切なくてたまりませんでしたが、数日、この詩を再読、また、再読しているうちに、否定していた或る場面、自分の青春の或る場面が、実は、今の私の幸福の源流だったかも、と気づきました。この私の人生での「絶望からの逃走」があったからこそ、今の幸せな自分が存在できたんだなあ、と岡村さんに感謝しています。

欧米での若きころの勉強はとても苦しいものでしたが、今、想い出せる絶望の場面、既に忘れたものもありますが、約二十くらいあります。一九六〇年代の冷戦時代のロシアでの思い出、一九七三年の南米での機関銃騒動、チリーでの官憲からの詰問、どれをとりましても、自分の力で逃走できたものは一つもありません。皆、何故か、周囲の人々の愛情と配慮で逃走しています。

どんな絶望からの逃走かなど聞かないでください。「逃走」というノウハウは専門的な知識と訓練と鍛錬、そしてその人の生命力、周囲の援助なくして成立しません。

岡村さんの「絶望からの逃走」という詩が、私をこんなに刺激したことを岡村さんはどう思われるか、岡村さんが作ったこの詩集「原風景への道程　第一集」が私をとても幸せにしてくれました。詩人の岡村さんと、その詩で救われた私、この詩集を酒の肴にして親しい学友たちと心行くまで楽しく飲める日がきますように祈りつつーーー。

著者プロフィール

岡村 光章（おかむら みつあき）

1953年生まれ。

埼玉県川口市出身。

慶應義塾大学経済学部卒業後、国立国会図書館に入館、退職後、立正大学文学部特任教授として図書館情報学関係で教鞭を執る。2017年退職。

植村高雄氏が主宰するユースフルライフ研究所に所属。NPO法人CULLカリタスカウンセリング学会講座生。

主な論文等
「国立国会図書館聖書目録」（『参考書誌研究』 国立国会図書館 1988）
「新たな一歩を踏み出す関西館―草創期から飛躍・成長へ―」
（『国立国会図書館月報』 国立国会図書館 2007）
「米国連邦緊急事態管理庁（FEMA）と我が国防災体制の比較論」
（『レファレンス』 国立国会図書館 2012）
「米英両国と制度比較に基づく我が国の地域防災力の課題について」
（『レファレンス』国立国会図書館 2012）
「戦後の図書館と公文書館」（『図書館雑誌』 日本図書館協会 2014）
「インターネット普及下における灰色文献の再定義と今後の課題」
（『立正大学図書館司書課程年報』立正大学 2017）

詩集 原風景への道程 第一集

2021年11月15日 初版第1刷発行

著 者 岡村 光章
発行者 瓜谷 綱延
発行所 株式会社文芸社
〒160-0022 東京都新宿区新宿1－10－1
電話 03-5369-3060（代表）
03-5369-2299（販売）

印刷所 株式会社フクイン

ISBN978-4-286-23174-7